JN123285

夕陽が背中を押してくる

丸田礼子詩集

澪標

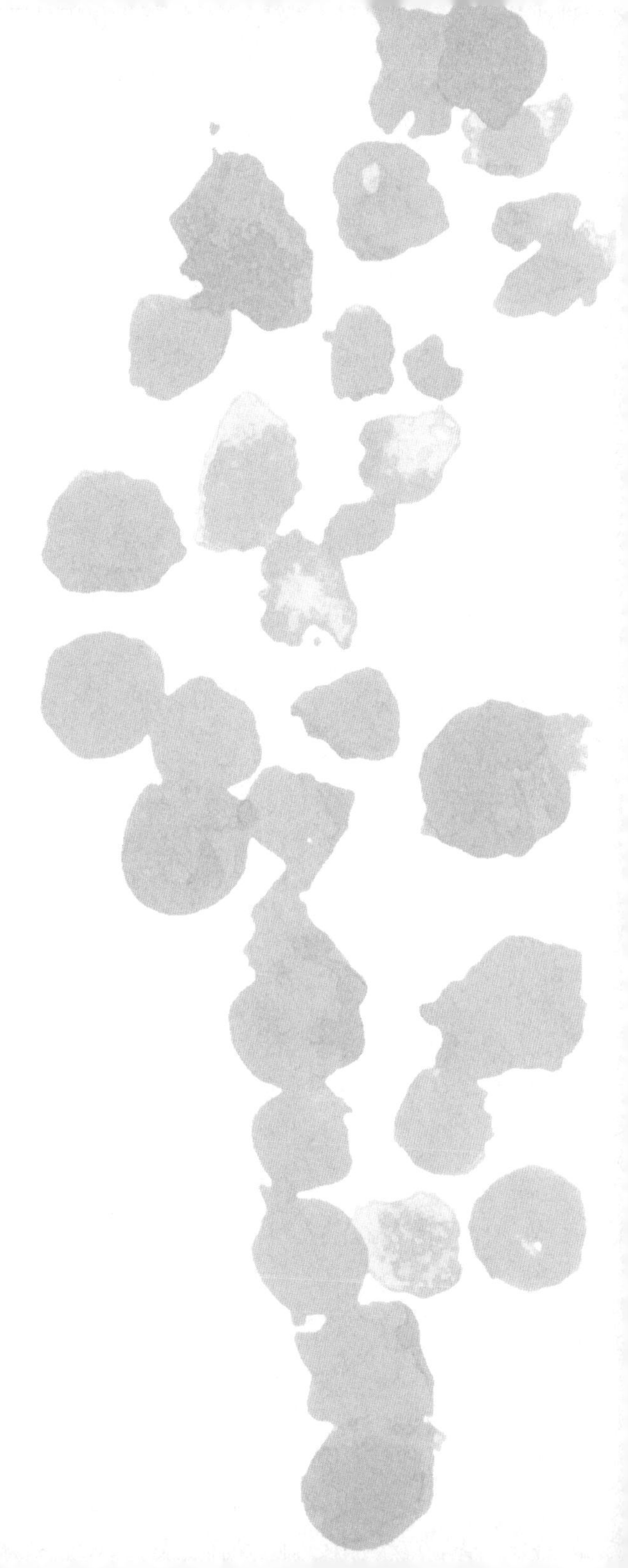

夕陽が背中を押してくる●目次

装幀　森本良成

I

白いレースたち

いつまで眺めていても
風に揺れるカーテンの向こう
部屋は空っぽ
黒光りする書棚や銀の食器も
隠されていない

思いを拭えば

陽光を和らげ
視線を覆い
猫も上ったり下りたりする

知りませんか
レースのカーテンぐるぐる巻いて
いないいないばあを
繰り返していた少女の行方を

窓辺は冷えて
芝生の庭も
透き通る

ほら　あの角度
見えないハンモックが
揺れている

こんにちは

老いた人ばかりの
係累に現れ出た
赤ん坊
天を向いてばたつく手足
　死の種は深く組み込まれているが
　とまれ今は思わない

あくびをするたびに
大きくなる
曾祖母は
さわっても大丈夫かい

白く濁った目で見つめ
笑みを浮かべている

ないかもしれない未来
いつか訪れた
サンピエトロ寺院のピエタを
目尻に隠し抱き上げる

両手を広げ　向こうから
一直線に駆けてくる日が
続きますことを

光もらって
地球の片隅で
生まれた　生まれたと
泣いている

こぼれる秋

いっぽんの
金木犀が立っている
誇り高いどっぷりとした
たたずまいに
空も風もぐるりとまわり
深々と挨拶をした

秋がやってきて
木は
楕円形に広げた手から
オレンジ色の花を散らし

わたしのまぶたのうらにまで
こぼした
香りは
音楽のように
通りの向こうまで広がっていった

忘れていたものが
わたしを呼ぶ

住む人のいない庭で
住宅建築予定の
札を見つけたとき

木に向かい
静かに
別れの一礼をした

林檎を剝く

夜中に
静まり返った
台所の窓から
ひらりと抜け出していった

田園地帯の
無人の駅

裸電球に照らされて
ベンチに座って
足をブラブラ

蛙の合唱に
包まれて
微笑む

またたく星が
呼応して
透き通った
列車に乗り込み
行ってしまった
あの子

欠けたままの
暮らし

食卓の上の林檎を
剥く

滑り出した列車

行き場をなくした声が
耳の奥で木霊する
網膜の底から
打ち上がる
白い花火

もう来ることのない
最後の記憶の
故郷
親族が絶えた地
絆や系譜も埋葬された

あの黒松は倒れるだろう
極北を向き
音もなく

幕を下ろした

額を渡る風の行方
金色の
稲穂の荘厳に
見送られ
一度だけ
振り向いた

それから
首を落として
眠った

礼賛

木造校舎の端にある
理科室の窓から
見える骸骨の標本がこわかった
曇りや雨の日は
眼をつむって走り抜けた
小学校から走って　走り続けて

　今はこわくない？

骸骨はいつも共に在って
どこに行くにも一緒

鎖骨は
ラテン語でクラビクラ（小さな鍵）
肩からたおれて　起き上がれず
そのまま痛みを計っていたときも
洒落て響きのいい名前

猫は鎖骨がないので
わたしを抱きしめることができない
だから　わたしが強く抱きしめる

たおれたときや転んだとき
ここだ　ここだ
肋骨　背骨　大腿骨　手首　肩
骨は主張する
さまざまに　部位の

レントゲン写真を凝視
唸るしかないフォルムと働き
潔くうつくしく浮かんでいた

いつか
踵に火がついて　瞼に火がついて
いっぱいに燃されて　骨つぼに
はらはらと散るまで
一本の薔薇のように　春夏秋冬
すっくとわたしを立たせて欲しい

金平糖

手が滑り
床いっぱい広がった

思いあぐねて
どっかり座る

前後左右
小さな結晶の主張
食べ物から遠く　塵でもなく
音色でもなく
消去法で残った

いがいが　星のかけら

星の名前を引き寄せる
いつか見上げた　全天
アンドロメダ星雲
ふたご座流星群
ひかり滴る天の川

指を伸ばせば届く
星のかけら　拾い上げ
ふたつみっつよっつ
嚙み砕けば
舌の上で広がる　ほのかな
甘み

もっと

指を丸めて

秋桜の野は　駅や
ビルディングや交差点に
変わりました

ビルの三階の
改札口に立てば

遠く
野の果てへ向かう
少女の背中が
見え隠れします

一度も振り返らず
群落を掻き分けて
奥へ奥へと
一直線に

飛蚊症かも

眼科に行こう
そう思ったのですが

放っておいて
指を
丸めて覗くだけにします

分水嶺

寝そべって
青空に溶けて　風に溶けて
わたしの隅々までれんげ畑

両の目を渡る
白いちぎれ雲の行方に
しんと
起き上がってくる時間軸

れんげ畑が後ずさりして
まるで知らない場所

終わりのはじまりの
重力　のろのろと

うつむいて
伸びていくあぜ道の
寄る辺ない背中
遠くの雑木林に
落ちていった種

膝の向きを変え
きりんが　象が
図鑑のなかへ戻る

足元を浸す
昏い言葉の海へ
　ぽつん

名簿

祖母は
新聞紙に包んで持ってきた
何でも
もぎたてのトマトやきゅうり
干物や卵
艶々の粒あんが入った柏餅も
座って噛めば
座敷はほんのり明るかった

今も好物
大きめの柏の葉をはがす

ほおばる
甘く　甘い
それなのに今朝届いた朝刊に
びっしり　カタカナ表記

アカタニ シゲオ　キタオカ キロオ
アベ ゲンジロウ　イノウエ ヨシオ
イシカワ トメジロ　デグチ サブロ
スガワラ イサオ　コバヤシ スミオ
ホリイ ハジメ　ミウラ ヨシユキ
シゲマツ タロウ　ワダ ミツオ
マクタ カイキチ　トノ キヨシ
…………………………

身元特定
抑留死亡者名４９６４人
見上げている

ゆるしてください

水の匂う朝

送り込まれた氏名　死亡場所

Ⅱ

レイリー散乱*

空の青　海の青から切り離されて
こんなにもすみずみまで
壊れた物語

両の目を閉じる

飛行機から見た雲の上の
青一色を思い返す
天には何にも無いのだと

そうして流れこんだ虚無
　何もかも失って前を向けないんだ
つぶやく声が届いてくる

屋根を覆うブルーシート
折り畳む日はいつ来るのか

わたしは青が好きだった

つゆ草　朝顔　孔雀の羽根　薬の空瓶さえも

＊光の波長よりも小さいサイズの粒子による光の散乱

空音

微熱を出して　手のひらで
聴いた空音
静かに横たわり　中空に
目を転じて　拝むことを
覚えた　ね

長い廊下の突き当たり
ほのかな暗がり
扉の残響
黴くさい書庫
それらが今

断りもなく
白く晒されて
遠ざかっていく
足音がする

画面に向かう
指先ひとつ

アダムの末裔
山川
草木
隔てられ　場面ごと
斜め右へ流し　消す
消し去りながら　流す

振り向きざま

空に向かって
かじりつけば
果実　口からこぼれる
赤いしずくを
聴く

黄昏

空を横切る白い猫
廃屋の窓からは
聖母子が覗く

萩の花がこぼれた
坂道の調和

破れはすぐに始まるが
空っぽの指先抱いて
橙色の
夕陽に向かって下る

ゆるゆる
どこか可笑しい二足歩行
まつ毛まで染まって
先々のこと
今は考えない

石垣に手を滑らせて
西の方へ
それからの鈴の音に
耳を澄ます

逢瀬

草に蔽われた開墾地
ひとり　取り残され
歳月に揉まれて
老いたおばあさん

足取りゆっくりゆっくり
顔をあげたまま
見つめる先に

桜咲く

来ましたよ

その肩へ　ふうわり
はじまりの落花

原野のまんなか
身ひとつで　こんなにも
向き合う姿
に呼びかけることはできない
とても

静かに　しずかに

風がさらわぬよう
手を伸ばし　しっかりと留める
一枚の絵

待ち人

口笛吹き吹き
空でもなく　薔薇でもなく
散文でもなく　目玉でもない
降りてくる人

空に在る　刈った
木々をたっぷりと眺めて
よしっ
今日はこれでおしまい

軽快な

箒さばきの充足を
見つめる

仕事が終わって
夕日の中へ走り去った

赤いつむじ風

日付が変わって
からくり時計の無口
本のページも　足裏も
つぎつぎ冷えて
帰らない足音に　探る耳

つめたい彫像
窓辺に　ひとつ

生田さんの境内で

異彩の人
あらあら　来るこっちへ
背景を消し去る
色の炸裂
満艦飾のぼろ布を
巻き付けて
まばゆいばかり
歩いてくる
神社の屋根が震え

誰もかれもが
鎮まって

すべての普通を
追い散らし
全身で
聖地を掴み取る

彼女こそ
この地にふさわしい

呪文のようなつぶやきと
眼の球をそよがせて
いよいよ　つよく
渡ってくる

会議は終わらない

ＬＥＤに照らされて発火する瞼
こめかみに冷却装置引き寄せる

そうだ　青りんごを
食べよう
微熱かじれば
ひとすじにひらかれ
香気を
乾いた　乾き切った
鼻孔の奥の奥へ迎え入れる

ぼやける言語　意味が
わからないけど反対はしない
椅子の背にもたれて
向こうの窓にぼんやり見る明日
猫背は直らないままだ
右足はそろそろと靴を脱ぎ
身を投げたいテーブルに
天井までおりてくる

後ろ向きの五感に
放物線を描く青りんご
どこかで咳き込む声が聞こえる
あと少し　もうすこし
持ちこたえるか

供花

躓き
転んでばかりで
体中に青あざがついた

それでも
山里の奥深い道
手をひかれて登る
眉の間から　舞い上がる
火の粉や　心拍に染みいる
笛の音
はじめての時空つぎつぎと
踊る円陣

頬かむりの影　眼の先から
沈んでいく
後ろ姿の列に加わる
その懐かしい気配
見えない姿に息をころす
月が浮かんでいる
足元を照らす　ひとすじの
暗示
はじまりも終わりも
曼荼羅模様
鳴る鈴の音を
手のひらに近づけて
寄り添う

体中に浮かぶ青い花
冷やさないで　消さないで

湯気のなかで

湯ぶねに
沈む
あいうえお
ああいい湯だな
ほんとにいい気分

記憶ゆるゆる
いつか見た羽衣
天女の舞
母音がわらうと
知りました

喜怒哀楽だって
かたち無くし
ふやけた
指のあいだから
あいうえお
滴り落ちる

窓硝子のそと
やつでの笑顔
約束だよ
去るときには
手を振ってね

溶けて　溶けていく

仮面考

別人
癒されたい
落ち着く気分
隠していたい
アイデンティティ
社会の一員
解放される
力を与える
目で笑う

マスク一枚　あるやなしや

すれ違いざま
目の持つ力に射抜かれて
固くなる

微笑みの見えない
母へ　幼児が
そろそろ手を伸ばす

同調にも慣れた
鼻と口を　日々
丁寧に覆う

あれは　アドリア海の
熟れ過ぎた果実
マスカレード

派手な衣装
金色銀色桃色仮面
顔を失くし　身体失くして
群がれば
足元に寄せてくる潮
都ともども沈むほかなし

さて　さて出かけなくては

鍵は持った
財布は持った
スマホもハンカチも
裸の顔に
鳥柄模様を着けて
準備完了

前列３番目

振り下ろす撥の
轟音に　胸から
跳び出すインパラ
草原の　群れ
全力疾走
光の気圧

高まる心拍
細胞の隅々まで
血が駆け巡る

地下水脈
胸の底から
湧き出てくる

脊髄にまで
宇宙の
海の
太古の
太鼓の響き

ふかく深く
息をあわせ

還るところが
ありますように

寒い季節

しもやけが痛い
わたしの内側
紫に腫れている
歩調　乱調
おぼつかない
二足歩行
鳥肌立ち
遠くへ

それにしても
さらにさらにその向こうの

丘陵地に並ぶ
裸木のシルエット
その立ち姿は素数
いいな　いいな
耳に届くのは
１と自分自身でしか
割り切れないってことね

簡単な数式が
ほどけない
かじかんだ指
考え過ぎている

葉を落として
ためらいもない
木との距離感

ユークリッドも
オイラーもサイダックも
まばたく睫毛の先には
２０１７も素数である

Ⅲ

枇杷の木の下で

すきな場所
水の匂いに満ちた
家族の写真　引き寄せる

皆どこを見ている
束の間の滞在
気がつけば
誰もいなくなった

やさしい方程式
XとYの

生の痕跡
きれいさっぱり
引っ掻き傷ほどの
跡形もなく

緑の陰影
脱ぎ捨てて解散

終わりもはじまりも
睫毛の雨しずく
印画紙を震わせる

眠れない夜

風が
陸を渡り　海を渡ってくる
それだけで
空洞に満ちていたのに
今は殺戮の匂い
泣いている
異国の人に何ができる

目が開く

毛布を顎まで引き寄せ
眠らなくては

昔々
厚い本のページを繰った
夜明けの翼をひろげる音を聞いた
砂漠に降る雨を夢見た
つぶやく声に
部屋の隅で
ゆっくりとひらくカサブランカ

国境を飛び立ち
好きな場所に住む希求が
瞼を　くらくする

風が
鎖骨を渡り　音楽を響かせ
放たれる日は

ふるえる指先の

大丈夫かな
ふるえる指先の　世界の
ずっと探していた窓
遠慮のない侵入に近づく
はじめての深呼吸
頭痛がする
一瞬の後悔で溢れる両の目
でも　それでも

待ってほしい
まだ未完成だ
空を切り取り　出入り自由で

飛び降り禁止　火の粉遮り
花びら迎え入れる
そんな窓が欲しいとは
注文が多すぎる

人差し指に触れる
窓には鍵がかかっていなかった
まばたきの向こうに
洗濯物が翻り
渡り鳥が羽を休めている
冷気が頬にあたり
橙色の夕日やヘリコプターまで
遥かに見渡せる

それだけで
充分

赦し

礼拝堂の
天井の青が
空に広がる

ゴミ捨て場で拾われた
仔猫が
息を吹き返し

銀色のバスは
時間どおりに
やって来た

窓辺で
本の頁を繰る音が
聴こえ

母子が
手をつないで
陸橋を渡っていった

習いたての唄が
くちびるから
こぼれ

壊れた夏の
赦されている
一日

乾杯

橋の上を
弾んで渡れば　湖の町
うっとりと沈む

来し方　行く末を
差し出せば
首筋に落ちる
一万発の花火
火のしずく

追いかけても

追いつかない　場所
ばかりだったね

天空にかかる
夜毎夜毎の不眠
七色に飾られ
見事に割れ落ちる

行ったことのない
明日
ひとりで渡る
乾杯　杯を握りしめて

知らない人たちと
触れ合う肩と肩
夜道は　あかあかと

発光するだろう

座したまま
この夜に　たっぷりと
攫われていく

もうひとつ　乾杯

夜毎の散策

地に溢れる　嘘
言い訳　詭弁も鎮まって
めがねと
染め抜かれた幟を横目に
手を振って歩く
少し傾きながら

細かく
折りたたんだ記憶
広げて　ほどいて
ひと房の葡萄の艶めき　今も

手のひらに載せて運んでいる

足元から伸びる影の先へ
そこだけがあかるく
金木犀の落花　地表に
湧き出てくる声明を
まつげの先まで聴く

何処へ行くの

澄んだ月光に刺し抜かれ
待つ　果てのない問いへの
降ってくる応答を

踏みならしてきた日々を
引き寄せて

幾つもの風が追い越していく
ポケットの万歩計を取り出し
計りながら　踵を返す
この曲がり角

長い夜

両手を組んで
川面を流れるオフェーリア気取り
いやになっちゃう
明日の約束
袖を通す服が見つからない
押入れの中
うずめた記憶数えきれず
失くしたものたち
もっと捜せばよかった
右目　左目　両の目
ぱっちり醒めて
間に合うか遅れるか

息を深く吸い込んで
数える羊　九十九匹超えて
まだ　まだ　まだ
秒針と一緒に響く心拍を
まるくなって聴いている
まばたきの先に続くのは
埴輪の穴
その黒がこわい
寝返り打って
掌閉じて開いてまた閉じる
日付は　とっくに変わって
夜の底
ああでもない
こうでもないと
身を投げて
横たわっている

消える地図

丸まって　激しい
雨の音を聴いている

この国の地面を叩く
あてにならない数式
調和は破れ
水嵩が増す
川岸も天気予報も
乗り越えてくる

根こそぎさらわれる

サンダル　おもちゃ
洗濯機や冷蔵庫
濁流に浮かび上がっては
遠ざかっていく

四十日と四十夜
ノアの方舟には
誰が乗るのだろう
かける手が振り払われて

遅かれ早かれ流れに絡め取られ
町　橋　線路
消える地図

その上を
翼のあるものが横切っていく

宴

あれから十年
何にも変わらない
変わらなかった
この国

早春になるとせわしなく
無人の里に
自転車をこぐ

　一本桜が咲いた
指折り数え

待たれ待たれて
吹き出るように咲いた
どこから来たのか
車座になった里人の
花あかりが照らす
顔と顔
逝った人も
魂だけでやって来て
連なる　ここには
団子も酒もない
薄れていく地縁や記憶
冴え渡る花の色に
留めようと　瞬きもせず
木の下で

限界集落の先　ひとり

尋ねてまわるが
桜なんて知らないよ
と
自転車を降りて
途方に暮れる

2021/3/11

時間

赤やら青やら黒やら
水玉模様や格子柄
大輪の花

クローゼットを占有していた
洋服たち
鴨居に一列に吊るす

通勤に挨拶に
プレゼンに会食
サンダーバードに乗って
日本海を見た

記憶が立ち上がってくる

子どものころ
手を引かれ
山道を歩いた祖父の葬列
風にはためくのぼり
鉦や太鼓の音

出番がなくなって
過ぎ去った時間
鴨居に吊るされたまま

さよなら
いっぱいに燃えている
ものたち

完結

遠くの施設へ行った
振り向かなかった
道のむこうに消えた

鴨居の
セピア色の
一列の
人々

やすらかにしずかに眠れ

蜘蛛の巣
土壁
天井

雨戸ぎしぎしぼろぼろ

出征
葬列
花嫁
祭り

道のむこうに消えた

からになる
剥がれ落ちる
崩れ去る

丸田礼子（まるた　れいこ）

1948年　和歌山県生まれ　神戸市在住

既刊詩集　1983年『うつむく子ども』
1986年『とりのこされた眼』
1992年『名まえの中の夏』
2001年『Woman ～不在だった場所へ～』

所　属　日本現代詩人会会員
兵庫県現代詩協会会員
神戸芸術文化会議会員

詩　誌　「ア・テンポ」同人
「時刻表」同人

現住所　〒651-1114　神戸市北区鈴蘭台西町1-5-8

夕陽が背中を押してくる

二〇二一年十一月三十日発行

著　者　丸田礼子
発行者　松村信人
発行所　澪　標
大阪市中央区内平野町二 - 三 - 十一 - 二〇二
TEL　〇六 - 六九四四 - 〇八六九
FAX　〇六 - 六九四四 - 〇六〇〇
振替　〇〇九七〇 - 三 - 七二五〇六
印刷製本　亜細亜印刷株式会社
DTP　山響堂 pro.